ELOGES

DE QUELQUES
POËTES FRANÇOIS,
ET DE QUELQUES
DAMES ILLUSTRES
de la mesme Nation.

DIVISEZ EN TROIS PLEYADES,

Qui ont esté leuës à L'ACADEMIE FRANÇOISE, le 8. Février 1710.

A la Reception de M^r DE LA MOTTE

A PARIS,

Chez JEAN BAPTISTE COIGNARD, Imprimeur ordinaire du Roy, & de l'Académie Françoise, ruë S. Jacques, à la Bible d'or.

MDCCX.

AVEC PRIVILEGE DE SA MAJESTE.

ELOGES
DE SEPT
DES DERNIERS POËTES
FRANÇOIS.
PREMIERE PLEYADE.

EROS * du Theatre François,

Tu peignis les Heros de Rome

Plus grands qu'ils n'eſtoient autrefois,

Et les mis au deſſus de l'homme.

Tu fus quelques fois inégal,

Mais dans ta maniere de peindre,

CORNEILLE, nul ne peut atteindre

A ton genie original.

   * M. Corneille l'aiſné.

A

Racine par des traits nouveaux
Du public partagea l'estime ;
Dans ses industrieux tableaux
Il est plus correct, moins sublime ;
Il fut heureux imitateur
Des grands Poëtes de la Grece ;
Et par des traits pleins de tendresse
Il enchanta son auditeur.

Moliere faisoit le portrait
De chaque sot qu'il rencontroit,
Et joüoit la Cour & la Ville ;
Acteur naïf, Peintre parfait ;
Autheur agreable & fertile,
Il ne laschoit pas un seul trait,
Qui du plaisant & de l'utile,
Ne produisist l'heureux effet.

L'esprit fecond de la FONTAINE
Fit couler de sa riche veine
Un nombre infini de beaux vers :
On voit des traits inimitables
Dans ses Contes & dans ses Fables ;
Dans tous ses Ouvrages divers,
Qui rendront leurs beautez durables
Aussi long-temps que l'Univers.

Pour faire une exacte peinture
De l'esprit du fameux VOITURE,
Il faudroit emprunter le sien ;
Il eut des graces sans égales
Dans ses vers, dans son entretien,
Dans ses Lettres originales ;
Par tout il badina si bien,
Qu'il fit des chefs-d'œuvres de rien.

A ij

Par des attraits jusqu'alors inconnus
SARRASIN seul de la belle Venus
Sembloit avoir emprunté la ceinture.
Il fut suivi des graces & des ris,
Lorsqu'il chanta l'amour & *a* la souris;
Mais quand il fit *b* la pompe de Voiture,
Pur Castillan, Latin, Toscan, François,
Nouvel Orphéé à toute la nature,
Il fit sentir les charmes de sa voix.

Esprit aisé, naturel, libertin,
Et possedé d'une douce manie,
CHAPELLE fit admirer son genie
Sans imiter Autheur Grec ni Latin.
Comme l'on voit d'une source féconde
Couler sans art les eaux d'un clair ruisseau;
Tels les beaux vers sortoient de son cerveau;
Et s'en allant errer parmi le monde,
Y répandoient un plaisir tout nouveau.

a Poëme de Sarrasin, qui a pour titre, *la Souris.*
b Ouvrage de Sarrasin, où il y a des vers en quatre Langues.

ELOGES

DE SEPT AUTRES POËTES FRANCOIS.

DEUXIÉME PLEYADE.

Toy par qui du haut du Parnaſſe
Le Dieu qui regne ſur les vers,
Dicta ſes loix à l'Univers,
Despreaux * dont la noble audace
A vengé le public de tant de froids eſprits,
Qui l'avoient fatigué par leurs fades Eſcrits ;
Cenſeur équitable & ſincere
Tes ſages vers, leurs doctes ſons
Enſeignent le chemin d'exceller & de plaire
A ceux qui ſuivent tes leçons,

* Dans ſon Art Poëtique.

Quand Apollon entendit lire

Les vers du ſçavant PAVILLON,

Il les mit en chant ſur ſa Lire.

Et charma le ſacré Vallon.

Alors les Muſes attentives

Y meſlant leurs divins accords,

Exprimerent leurs doux tranſports

Par les loüanges les plus vives.

Je plate, leur dit Apollon,

Ce moderne au haut du Parnaſſe

Entre l'ingenieux Horace

Et le galant Anacreon.

❊

Avec une laide figure

Le fameux PELISSON eût un eſprit charmant,

Qui des rigueurs de la nature

Le dédommageoit amplement.

Sçavant, éloquent, vif & tendre

En proſe, en vers il fit entendre

Ce que l'amour a de plus fin;

Et quittant cet amour profane

Nourri de la celeſte manne,

Il finit par l'amour divin.

Les jeux & les amours blondins
Voloient autour de BENSERADE,
Et ces Dieux enjoüez, badins
Le prirent pour leur camarade,
Poëte fecond & fans art,
Il laiffoit aller au hazard
Son genie heureux & facile.
Les vifs & naturels portraits
Dont il enrichit nos Balets,
Charmerent la Cour & la Ville,
Et par des traits hardis autant qu'ingenieux
Il fceut plaire à nos demi-Dieux.

Toy qui par de tendres chanfons
D'une agreable fimphonie,
Et d'une touchante harmonie,
Sçeus fi bien animer les fons ;
QUINAULT le plus parfait modele
De cette alliance fi belle,
Ton nom jamais ne périra ;
Car c'eft l'union Poëtique
De ta Mufe avec la Mufique,
Qui nous fit aimer l'Opera.

Quand on lit les vers de SEGRAIS,

D'abord ils font naiftre l'envie

De mener une douce vie

Dans les champs & dans les forefts,

Par une naïve peinture

Des dons de la fimple Nature,

D'un tendre amour de fes attraits

Il nous fait aimer tous les traits.

Tel *Theocrite* en fes Idilles

Nous a peint d'innocens plaifirs,

Qui plus durables, plus tranquilles

Que ceux de nos Cours, de nos Villes,

Peuvent plus feurement contenter nos defirs.

Sorti du fein de l'Italie,

Efprit vif & fecond, fameux Duc de NEVERS,

Par tes nobles & puiffants vers

Noftre Langue fut embellie.

Heureux dans tes inventions,

Hardi dans tes expreffions

Tousjours fortes, tousjours fenfées;

Malgré leur fingularité,

Apollon mit à tes penfées

Le fceau de l'immortalité.

ELOGES
DE SEPT
DAMES ILLUSTRES
FRANÇOISES.

TROISIÈME PLEYADE.

Sʌᴘʜᴏ * l'ornement de nos jours,
Toy qui fis de si beaux modeles
Des plus hautes vertus, des plus chastes amours ;
Pour les Heros & pour les belles,
Qui sans les imiter les admirent tousjours,
Et qui n'en sont pas plus fideles ;
Tous ces chefs-d'œuvres precieux
Asseurent à ton nom une immortelle gloire,
Et t'ont placée au rang des filles de memoire,
Pour chanter les exploits & les amours des Dieux.

* Mademoiselle de Scudery.

Esprit delicat, doux & tendre,
Qui par ta prose & par tes vers,
LA FAYETTE nous fit entendre
De l'amour les tristes revers ;
Tes Heroïnes * tousjours pures,
Dont tu descris les avantures
Avec les plus vives couleurs,
Et de leurs passions tes peintures exquises
A leurs vertus tousjours soumises,
Nous font sentir tous leurs malheurs.

.⟨❦⟩.

Dixiéme Muse de nos jours,
Toy par qui les eaux d'Hipocrene
Firent couler de veine en veine
Les feux les plus subtils des plus tendres amours :
LA SUSE leur nouvelle mere
Jamais dans l'isle de Cithere,
Venus avec leurs traits divers
N'en fit mieux sentir tous les charmes,
Les craintes, les desirs, les transports, les allarmes,
Que ce qu'on en lit dans tes vers.

* La Princesse de Montpensier & la Princesse de Cleves.

Efprit penetrant & fublime,
Qui fans le fecours de la rime,
Sceus te faire un nom reveré,
Sage & fçavante LA SABLIERE;
Par toy rien ne fut ignoré;
Ton attention finguliere
Porta tes regards curieux
A bien connoiftre la Nature,
L'Eftat de l'Univers, fon ordre, fa ftructure,
Et jufqu'à mefurer & la Terre & les Cieux,

Aimable & tendre DESHOULLIERES,
Apollon de fes doux accords
Et de fes plus vives lumieres
Te difpenfa tous les trefors.
Par ce Dieu ta Mufe infpirée,
Et par ta raifon épurée,
Te dicta les vers les plus beaux,
Et tantoft fur des tons fublimes,
Tantoft fur de galantes rimes,
Tu nous fis chaque jour des chefs-d'œuvres nouveaux

VILLEDIEU de l'amour & victime & Prestresse
Sans le secours du Dieu des vers
Celebra par tout l'Univers
Les vifs accez de sa tendresse. *a*
Elle luy tint lieu d'Apollon,
De Muses, de sacré Vallon ;
Et cette nouvelle *Corinne*
A fait écouter ses doux chants ,
Et s'est placée enfin sur la double coline
Par ses Ecrits vifs & touchants.

Digne fille d'un docte *b* pere,
Dont le sçavoir rare & profond
T'enrichit de son propre fond ,
Qui t'éleve si fort au dessus du vulgaire ;
Illustre DACIER tes Ecrits ,
Si recherchez & si cheris ,
Ont le don d'instruire & de plaire ;
Ils consacrent ton nom à l'immortalité ,
Et nous font profiter de tes penibles veilles ,
En nous decouvrant les merveilles
De la sçavante Antiquité.

Ainsi l'aimable Poësie ,
Et des autres beaux Arts l'escole bien choisie,
Brilloient dans l'Empire François
Par les soins de LOUIS le plus grand de ses Roys.

a Par ses Journaux amoureux.
b M. le Fevre de Saumur.

PRIVILEGE DU ROY.

LOUIS, par la grace de Dieu, Roy de France & de Navarre : A nos amez & feaux Conseillers les gens tenans nos Cours de Parlements, Maistres des Requestes ordinaires de nostre Hostel, Prevost de Paris, Baillifs, Seneschaux, Juges, leurs Lieutenants & autres Officiers qu'il appartiendra, SALUT: nostre bien amé JEAN BAPTISTE COIGNARD, nostre Imprimeur ordinaire en l'Université de Paris, Nous ayant fait remonstrer qu'il auroit esté receu avec nostre agrément pour remplir la place d'Imprimeur & Libraire de l'Académie Françoise à la place de feu JEAN BAPTISTE COIGNARD, son pere, tant pour continuer l'Impression du Dictionnaire de ladite Académie, que pour imprimer les Discours & Pieces de Poësie qui sont trouvez dignes de remporter les Prix qu'Elle donne, & les autres Discours qui sont prononcez tant aux Receptions d'Académiciens, qu'en d'autres occasions & generalement tous les Discours & Pieces de Poësie que ladite Académie veut faire imprimer; qu'il desireroit aussi en cette qualité, sous nostre bon plaisir, réimprimer la Relation contenant l'Histoire de l'Académie, avec la continuation jusqu'aujourd'huy, &c. faire une nouvelle édition de tous les Discours, Pieces de Poësie qui ont remporté les Prix les années précedentes, & qui ont esté prononcez par ceux qui ont esté & qui sont du nombre des Quarante de ladite Académie. A CES CAUSES, voulant favorablement traiter l'Exposant, Nous luy avons permis & accordé, permettons & accordons par ces Presentes d'imprimer ou faire imprimer lesdits Discours, & Pieces de Poësie qui ont déja esté imprimez, & autres que l'Académie voudra faire imprimer à l'avenir, tant de par elle que dans les Receptions des Académiciens, mesme la Relation contenant l'Histoire de ladite Académie, & la continuera jusqu'à present, en tels volumes, marges, caracteres, & autant de fois que bon luy semblera pendant le temps de VINGT ANNE'ES consecutives, à commencer du jour que chacun d'iceux sera achevé d'estre réimprimé ou imprimé pour la premiere fois, iceux vendre & debiter par tout nostre Royaume. Faisons deffenses à tous Imprimeurs - Libraires & autres de quelle qualité qu'ils soient, d'imprimer ou faire imprimer, ou réimprimer, vendre ni debiter lesdits Discours de Prose & Pieces de Poësie, Relation de ladite Histoire de l'Académie ou autres Ouvrages que l'Académie composera cy-aprés, sous quelque prétexte que ce soit, mesme en consequence de nos anciennes Lettres cy-devant accordées à feu PIERRE LE PETIT

en ladite qualité d'Imprimeur de ladite Académie le 29. Sep-
tembre 1675. aufquelles nous dérogeons par ces Prefentes,
nonobftant le Reglement du 27. Février 1665. ni d'en vendre
d'impreffion étrangere & autrement fans le confentement dudit
Expofant, ou de ceux qui auront droit de luy, fur peine de
confifcation des Exemplaires contrefaits, deux mille livres
d'amende, dépens, dommages & interefts, à la charge de
mettre deux Exemplaires de chacun d'iceux en noftre Biblio-
theque publique, un en celle de noftre Cabinet du Chafteau du
Louvre, & un en celle de noftre tres-cher & feal Chevalier
Commandeur de nos Ordres le Sieur BOUCHERAT, Chan-
célier de France, à peine de nullité des Prefentes, du contenu
defquelles vous mandons & enjoignons faire joüir l'Expofant
& fes ayant caufe, pleinement & paifiblement, ceffant & fai-
fant ceffer tous troubles & empefchements, à ce contraires.
Voulons qu'en mettant au commencement ou à la fin defdits
Livres l'Extrait des Prefentes, elles foient tenuës pour deuë-
ment fignifiées, & qu'aux copies collationnées par l'un de nos
amez & feaux Confeillers Secretaires foy foit adjouftée comme
à l'Original. Mandons au premier noftre Huiffier ou Sergent
fur ce requis, faire pour l'execution des Prefentes tous Exploits,
faifies, deffenfes, & autres actes neceffaires, fans demander au-
tre permiffion: Car tel eft noftre plaifir. DONNE' à Verfailles le
deuxiéme jour de Juillet l'an de grace 1693. & de noftre Regne
le cinquante & un. Par le Roy en fon Confeil. BOUCHER.

Regiftré fur le Livre de la Communauté des Imprimeurs &
Libraires de Paris, fuivant l'Edit de 1686. le fixiéme jour de
Juillet 1693. Signé, P. AUBOUYN, Syndic.

9 782014 065664